静物的声音

崔岩

著

衢州市文艺精品扶持工程重点项目

长江出版传媒

长江文艺出版社

崔 岩

1972年生，浙江杭州人，浙江省作协会员，衢州市作协诗创委主任。诗歌发表于《诗刊》《文艺报》《星星》《扬子江诗刊》《诗歌月刊》《诗潮》《江南诗》《诗林》《山西文学》《西湖》等报刊。曾出版诗歌合集《无见地》。

目　录

第三辑　另一个崔岩正在发生

坐于无人的山间古道——读崔岩的诗

梁晓明

　　崔岩把他的诗集取名为"静物的声音"，我一看就觉得这名字取得好。我和崔岩认识的时间不长，交流的次数更加少，但几次见面他都是静静微笑着，仔细倾听着，微微点头，话不多，眼睛透出一种温和与令人怡然的目光，让人感到很是安心和放心。简单地说，这样的人，你一定是可以和他交朋友的，就像他的诗集名字，他自己也就像是一件缄默而又沉厚的静物，他其实已经经历了无数的时间和各种生活的颠簸，但他不言，或者说，不轻易言说，他只是静静地感受着、疼痛着、沉淀着、思考着，在你不经意的时候，发出一种浑如空气一般的声音。你只要呼吸，你就少不了这种空气的滋养。

　　关于这一点，崔岩自己明显也有着清晰的认识，在《钝器》中，他说："这些年我在时间里顺流而行/作为尖锐并迟钝的物体/身上涂抹一种称作世故的油脂/绝大多数剐蹭，被衰减至有痛而无痕"。衰减至有痛而无痕，似乎一句话便包含了无数的生活的艰难心酸，有意思的是，他同时又强调了，他本来是尖锐并迟钝的物体，只是被"世故的油脂"给涂抹了，掩盖了，但是我们知道，油脂的涂抹与掩盖，对于一件真正尖锐的物体来说，又怎么可能永远存在？只要时间一到，太阳一到，油脂又怎能不融化？这种尖锐一定又会发出只属于他自己的光芒和声音，而这种尖锐，在崔岩的身上，显然是一种永远的存在，这是一种本质，就像他在《我们只可以带走一片叶子》的结尾说："我们沿着叶脉固有的经络/头也不回地前行"。这就似乎有些倔强了，但恰恰对于这种倔强，崔岩却有着一种极为清醒的认识，从某种意义上来说，这便是一种成熟的姿态，比如他在《时间肯定了什么》中坚定地说："我们看不见的，时间都能看见。"就是这种对于人性、对于时间和永恒的认定，使得他的人生态度显得自然、坦然，也使得他的诗歌语言变得节奏舒缓，不急躁，娓娓道来，慢慢形成了一种自己的风格。

这样，终于我们慢慢谈到了崔岩的诗歌写作，在这本诗集中，崔岩把他的诗歌分成了四个小辑：白云记、简单的自传、另一个崔岩正在发生、我有参差不齐的句子。在这四个小辑中，简单的自传显然是这本诗集中分量最重的一部分，我很惊讶地在这个小辑中读到了这首诗：

一念蜡梅

我见过许多种花，凋落时
一瓣、一瓣剥落自己
留住不舍的花心，留着残念
在风里，在雨里颤抖着掉下

而蜡梅，她想开

就用尽全力开。仿佛一忽儿

就挂满了枝丫。

想要落时，她就把整个儿的自己放下

蜡梅花是很苦的，她要等叶子落尽

才能开花。她要等

漫天的雪飘过，漫天的寒飘过，

才可以落下

　　我惊讶于这首诗的语言节奏，那些细小的描述："在风里，在雨里颤抖着掉下""而蜡梅，她想开/就用尽全力开。仿佛一忽儿/就挂满了枝丫。/想要落时，她就把整个儿的自己放下"，这节奏里呈现出来的细致和舒缓，以及诗人观察事物的内心展开，和我以前认为的崔岩的形象很不一样，整首诗歌的沉稳、细腻与完成都令人感到一个成熟的诗人稳稳地站在了你的面前，虽然"蜡梅花是很苦的"稍有些主观的强调，与整首诗歌稍有些出入，但接下来的诗句依然生动而深入："她要等叶子落尽/才能开花。她要等/漫天的雪飘过，漫天的寒飘过，/才可以落下"。

　　写到这里，我忽然发现，崔岩其实是一位坚实的现实主义诗人，他所有的诗歌语言都来自他身边的社会现实，到此时我才恍然想起，崔岩还是一位媒体界的资深人士，作为与现实世界息息相关的媒体，他的脉搏自然也会与现实社会相呼应，社会的风起云涌，现实的潮起潮落，人世间的悲欢离合，这些，对于崔岩来说，一定有着比一般人更多的感受和感慨。正如我之前的认识：崔岩是诗人，但他却又是一个媒体人（或者应该倒过来说：崔岩是媒体人，但他却又是一位诗人）。媒体是连接和影响内外两个世界的一个桥梁，关注内心以外，关注世界的动荡和变化，肯定是媒体人本质的必然。这样一来，这两种不同使命的要求和态度，汇集在崔岩这一个人的身上。比如下面这首诗歌便是例证：

风

风起于无端。
它带来一些运气，又吹走一点点命。
大风，不意味着能带来更多
也许微风具有饱和的满足感。

我和妻子正处于风中。这些年
我们目睹几位亲人在风里被一点点带走
直到看不出丝毫痕迹。
我的父母经历了太多的风，获得了
雪白的年龄、镌刻着铭文的皮肤。
儿子自打生下来，也被风轻轻吹着。

风吹大地，作为人类，我们无可避免，但也正因为我们是人类，我们便一定有属于人类非同于草木一任风吹的悲叹和认命。我相信崔岩一定更是这样，正因如此，我又兴致盎然地去阅读他诗集中的另一个小辑：另一个崔岩正在发生。我想看看另一个崔岩到底发生了什么，于是便看到了《淡墨》中的诗句：

> 以草叶捆扎松针，山岩作画
> 饱蘸薄雾，寥寥几笔绘一纸净土
> 有人经过。清白如我。

恍然间，忽有一种"停车坐爱枫林晚，霜叶红于二月花"的感觉。还有《树的本事》：

> 有的树，最大的本事就是
> 懂得在合适的时候，抖掉不合适的叶子。
>
> 那么多叶子，每一片
> 它都了然在胸。抖掉一片，就忘掉一点。
>
> 鸟儿在枝头歇息的时候它抖一抖
> 有风掠过的时候也抖一抖。
>
> 到了秋天，即使没有风
> 它自己也会在夜晚，使劲抖一抖。
>
> 直到把浑身的叶子全都抖落
> 它才安心过冬。

语言朴素沉稳和精准不说，就这样的思考和态度便令人深思，特别最后两句：直到把浑身的叶子全都抖落/它才安心过冬。看完内心很是感慨，这便是东方人的生活态度？或是中国古贤人的智慧？抖掉一片，就忘掉一点。整首诗歌透出了一种也无风雨也无晴的气象，一种经过风雨后的超然坦然并焕然于诗中和纸上。诗歌的气息内敛，叙述节制，安宁大方，甚至有一种隐隐的命运的悲伤，从某种意义上来说，这才是真正的崔岩，一个隐于内心、潜在于血液的崔岩，一个平时无言、常常微笑于世界的崔岩，一个更立体全面，也更丰富的崔岩，就我从前对他的认识来看，这也便是一个新的崔岩。除此之外，崔岩还说"茶是一片倔强的叶子"：

> 一片本可以顺从季节和土地，却偏偏要
> 逆时改命封存自己的叶子

> 一片只有被热烈与温存紧紧抱住时
> 才快意而舒适地漂浮起来，一次又一次

> 给完自己的全部，在满足中
> 沉沉睡去的叶子

从这几句诗中看出，还有一个崔岩，一个倔强的崔岩，一个偏偏要逆时改命的崔岩，一个给完自己的全部才沉沉睡去的崔岩。看来除了上面的两个崔岩，还有第三个崔岩，或者，还可能有第四个？很难说。但对此，我只想说一句：好！

以此为序。

梁晓明

2023 年 2 月 25 日，星期六

第一辑

白云记

桥

作为道路的补充
它对已经走过的，进行归拢。

它不负责陈述未来
只把未来的线头捋直，拈在指端。

它宣示生活里的不抵抗运动
——铁定会有某种方式，将行走
排除在急流或深壑的外部。

我偏爱那种拱桥
它所摹画的圆：一半浮在水面
另一半，立于虚空。

2021. 4. 20

衢州小史

沥干一片浅海　诸山盘腿而坐

白菊花汩汩涧水清澈

六春湖杜鹃绵延广阔

荷花山刀耕火种

灵鹫山晨钟暮鼓

三衢儒声四起　古田混元天成

龟峰和仙霞岭刊山开道研习兵法

柯山与江郎往来烟霞撷取白云半朵

衢之地也　聚峰数百　名山七十二座

河流　在山峦间穿梭

马金溪缘起陡坡峡谷

常山港流淌着宋朝诗歌

须江有神女故事

灵山江无边落木演绎商帮蹉跎

最是一湾瀫水绕府城而过

江侧有杨柳依依　桃花朵朵

水中的声声渔歌曾经湮灭无数战火

街巷　在商埠人流中穿梭

北门街穿越斩妖除魔的故事

棉花弓响　将两千年历史弹成飞絮

铛铛铛随风散落

水亭街穿越一条条朝京的仕途

来往客商在此沏一壶酽茶

听西安高腔低吟浅唱孝子传说

时空　在儒家精要中穿梭

先于信史　善良便在此席地而坐

曾几何时　赵清献卸下铁面告老而归

南下的船头　有一琴一鹤

曾几何时　武举绝伦徐徽言挥师河西

兵败不降　身体　被金人万箭穿过

曾几何时　孔洙细语"不忍"二字

将爵位拱手相让　仅添一炷清香祭拜远祖

这年深秋　端友公手植的公孙树

将形如初心的金黄落叶

铺满家庙　随风落入思鲁阁

故事　并未戛然而止

一代代衢州人

吟咏　如江水流长的文脉

吟咏　如山峦厚重的苍劲

吟咏　绿叶与青枝的生活

2018.3.29

龙游行记

爱，最适合置于流水里
譬如灵山江，清亮、冷冽
一眼就可以望见江底。
要懂得迂回，要像姜席堰那样
善于截流，并分出一小部分
用以灌溉干渴的田地
再把多余的归其壑，引入原先的轨道。

要像荷花山那样
嘴里说忘记吧忘记吧不须再提
却能循着一万年前的失落之物
找到，可供回想的蛛丝马迹。

也要像民居苑，搜罗
关于你的一切并集纳在一起
再让绿树成荫，让树荫下的铁匠铺
就着通红炉火敲出叮叮当当的声音。

还要像一个深邃的谜
让山体之中，洞窟连着洞窟
让你注意到其中几个并清空它们

而更多的，就用永不干涸的水埋起来
使你想着念着，却绝不露底。

爱，就是要将所爱
当成故国。建起宗祠，点燃香火
让一个姓氏磕磕绊绊地绵延三千年
让血缘久远到，彼此忘记。

2022. 5. 25

旧　巷

穿身儒袍，就可以踱着台步
穿过一条巷子，穿过明清衢州。
此时应有雨
牛毛细雨是装点徽派旧巷的上佳道具

窗台再开几朵嫩海棠，或者
院里一树红石榴。雨水应该在花瓣上
汇聚，随后一滴、一滴
缓缓落下

这几百年，巷子里住着的闺秀
和她们的丫鬟在廊檐下，看那雨水滴答
看那花儿落泪，想那细细心事
我不出声。就在墙外听她们嘤嘤哭

2018.6.4

酹　月

舞榭歌台，脂粉簌簌掉落
伴萤火闪烁于寻常巷陌、无望山河

栀子花在山野奋力过滤自己
它闻到松香草香，闻到月朗星稀

垂老樟树摆动迟钝的胳臂，腰背崎岖
药丸撒了一地，药香撒了一地

树洞里，储酒的陶罐密闭黄金年代
诗歌与流光，是启封的咒语

傻子一身白衣，仗剑趔趄而来，推树
道：去！

2018. 5. 11

再访金源王氏贤良宗祠

祠堂已被修葺。照壁如雪，
上书《蜀素帖》一章，字体俊朗。
米芾用一首七古赠别王涣之，
在诗里称他为"白面王郎"
——这不禁让人怀想宋时王氏一门
尽是翩翩少年。涣之，字彦舟
是王家进士及第的第四代
一门九进士，这一代占据五席
随后再无折桂之人
功名之路至此戛然而止
仿佛是有什么规劝
让五世以降，只顾埋头耕读
再无出世之心。

其父王介，"性负气，喜直言"
因反对新政被罢官。赴任吴兴知州前
又与王安石以诗斗气，讥谑之余
竟有"生若不为上柱国，
死时犹合做阎罗"的豪语。
气得拗相公笑骂：快去阴曹赴任。
晚年无心仕途，嗜书成癖

王介的无心，显然影响了整个家族。

宗祠左近，石雕的"世美"牌坊前面
一座旧石桥跨溪而过。
时值深秋，流水几近干涸
而沿岸绿树葱郁，偶闻鸡犬之声
民房几间，门侧栽有海棠花、金钱草
结满金色果实的胡柚树
大大方方站在溪畔
一树橙子穿破矮屋瓦背
从院墙里面，执拗地长了出来。

2021. 10. 31

登大考山力竭而坐

寺在山顶。他们往上行走
我独坐落满松杉枯叶的石阶喘息。
少停气息平稳，听见水声
溪涧越过岩石缝隙往下奔走
身形急驰，淙淙汩汩
有时也间以叮咚之音
鸟鸣迟缓而幽静
冬天阳光之下，似有虫吟
野蜂、乌蝇来我身前飞舞
离得近时，以气吹它，便踟蹰而去
仰头，蓝天安稳，虬松慈爱
坐于无人的山间古道
有不惑、不惧、不嗔、不怨之宁静
想起香烛烟火回转微呛的俗气
竟消了那登顶谒佛之念

2018. 12. 1

寻弓记

1

彤弓弨兮，受言藏之——《诗经·彤弓》

我不相信弓弦，就这样
松弛下来。即使被暗藏
它也一定是蓄势的模样。
我不相信鸟兽既尽，良弓
就必遭虫蛀鼠咬——在猛士的心里
它必熠熠其光。

2

彤弓弨兮，受言载之——《诗经·彤弓》

我坚信这里就是
掩藏那柄祖传雕弓的地方
——那时铁蹄南侵，兵燹四起
灵下村的徐家开始担心
家族重器遭人觊觎

须得转移至，离家不远
又确保安全的地方。
一位名叫徐国镇的千户
受家族派遣来到这里
繁衍生息……时至今日
一辈辈徐家人或许早已忘却
藏弓、守弓的使命
只有村庄的名字：彤弓山
被世代相袭。

3

彤弓弨兮，受言櫜之——《诗经·彤弓》

我不相信一张弓，会被永久地
收入皮囊，从此埋没声名。
我愿做一个叵测的"嘉宾"
从一千多株参天古木的阵列里
寻找雕弓的踪影；
从村民们憨厚笑容的背后
探察宝藏的隐秘。
我沿着幽静小路绕村庄行走
试图寻找合适的藏宝之地
却只听见潺潺水声
葱郁山坡上，青黄藤蔓

缠绕老树的身体。

4

我有嘉宾，中心好之——《诗经·彤弓》

直到日头西沉，树冠的缝隙
把赤红的太阳像比萨饼那样随意切分。
直到弯曲的河道在夕照的斜视中
泛动着满池的彤云。
直到走上那座横跨过龙绕溪
笔直通向田野的桥梁……
我想，我终于寻找到
这个隐藏了多年的秘密：
桥梁和道路，像一支长箭
早已经搭上红色弓形的河水
一条隐形的弦紧紧缚住
青龙与白虎两座小山的弓梢
750 年里，越来越呈现出满月的形状
——沿着村庄，浑圆的边际。

2021. 12

天宁寺

山门一退再退。弃南，面西
这是闹市里一座寺院——

俗世步步紧逼。院外荤腥、脂粉
不忌。寺里依旧腊八施粥，依旧禅堂木鱼。

早就放弃暮鼓和晨钟了
经文退守墙根，唱诵瘦若梅花。

退守。打坐在这匆匆的城里，如井口安稳。
也可以打坐静寂井底，芒尖般泉眼沁出水粒：
细小的清净。

2019. 3. 3

我愿在灵山寺住下来

我要住在这里——
要在山门之外的长阶两侧种豆
与每一株豆苗聊聊花事。

浇完水，就去大殿敲木鱼
唱梵经。让念诵的声音像香火那样飘出门外
与鸟鸣和露水一道，笼罩整座郭母峰。

要撞响院子里那口铜钟
让信徒和未曾笃信者以为，是这座小山
伸出余晖的双臂，撞响橙红的寂寥。

要让听见钟声的人彼此有爱
虔诚等待：山谷缓缓升腾起一笼薄雾
白白的，将山寺轻轻拢住。

2019. 3. 31

南郭寺古柏

大殿院中，植于东周的古柏
被时间之刃生生劈成两半
看上去经受着亘古的残疾之苦
而南北两向的身躯，借助巨大的水泥支架
竟都活得葱茏：
北侧，有小花、枸杞以鲜亮色泽
装点枯老树皮；
南边的一半由支架撑持着
枝叶越过前殿屋檐，好似虬龙欲腾空而去。
为避安史之乱，杜甫当年曾游居天水
在这棵树下，哀伤于国土分裂和民生疾苦
那时，他是否由此关联到人性：
两立的树干，亦是本我
在境遇中的拆分，与背弃。

2020. 10. 20

雷峰塔和月亮

怪得了谁呢？
掀起滔天巨浪也不肯放弃的
……被镇在了塔底。
轻飘飘离开的，就罚她
把全部的悔意和回忆
灌进那个浅黄色薄纸灯笼
每天都得亮出来，给人看。
能怪谁呢？爱吗？
英雄的怯懦的……
都已经化作尘土了吧？
而寂寞的感觉坚如磐石
像长夜般浩大，像时间那样
无从消磨。
这是晴朗的夜晚，在杭州
两个孤单了很久的女人
她们目光清澈，静静对视着
有些话，是不必说出来的。
有些话，是没法说出来的。

2021. 11. 13

夜宿溢舍

溪流从谷底溢出来，水声四溅
如雨打枝叶。听觉的散乱
其实只是，阻拦流水的那些石头
阵形的轻慢

成串的虫鸣，从屋侧茂密竹林里
溢出来
远处，偶尔的犬吠
从稀疏的农舍，溢出来

——山谷的夜晚
一块黑色的轻纱遮挡住视觉
溢出来的声音
把幽静，带到枕边

窗前，灵鹫山就在对面
打坐。微凉的，雾一样的真气
从它胸怀之间溢出来
轻轻摇晃，瘦削的树影

略高于山脊，忽明忽暗的繁星

应该也是从它身体溢出来的

——先是在草木间飞舞

夜深时，又被影影绰绰的翼翅，缀上了天

2021. 8. 7

塞外农场的黄昏

涟漪值得信任。卖力地
把远方的光搬过来，用恰当的视角
交给你。随即消失、迭代
相似的它们，重复做着同样的事情

水面固执。总是将视野中最高的
拉到离你最近。譬如此刻
远处丘陵上方的彤云就在近前
你的面部被涂抹上一层红晕

这个黄昏，所有事物在暑热中起伏不定
就连坦荡的水面，也怀揣忐忑之心
它尝试：把一切置于低处，赶在天黑之前
以短促的口吻，将所见，重新命名

2022. 7. 24

壁画记

我曾长时间驻足于一面古老的墙下仰望
墙面绘有比墙更为古老的暗红色壁画
那是诸佛于旧时动态中静止的一帧。
我曾屏住呼吸，试图将动态的自己
瞬停，去感受，这被采集的一刻。

与诸佛对视的那一瞬时间仿佛真的停顿
大殿中酥油长明灯依稀发出轻微爆裂之声
当我忍不住开始呼吸，那浓烈的檀香气味
好像是墙上诸佛扑面的鼻息。

在布达拉宫，在大昭寺小昭寺扎什伦布寺
我见过许多幅暗红色壁画，但现在回想起来
画中的所有都在脑海里墙面上消失殆尽
记忆中古老的墙壁那大片的、斑驳的
暗红底色上，唯余茫茫。

2020. 4. 11

白杨树

硕长的白杨，呆立的白杨
围拢于土地周围
身穿藏青色教袍的虔诚的白杨

祈告的白杨：祷词无声
穿透土层之下旧时的冰冻
却无力将其消解的悲伤的白杨

喔……丧服的肃穆的白杨
无言的悼词献给绝收的庄稼
颓败的棉花、裸露的将死的砂土

风中的白杨瘦削的白杨
名字好听的黑衣教士
列队的白杨沉默的白杨无奈的白杨

2022. 7. 20

沙　洲

当我到来，有回家一样的亲切
像一粒遗忘了来处的、漂泊的沙子
不知经历了多少时光，终于回到
亲人们中间。
我一辈辈的、不知来处的亲人
被流水淘洗得如此洁净
搁浅在哪里，就以哪里为乡
用细小身体堆积成一个国度。
寂寞的亲人。他们接纳投靠的沙粒
在冰雪和酷暑里一起析出身体中
仅剩的盐，一起瘫坐在清冷月光下
倾听江上的渔歌、岸边的蛙鸣……
他们听出丰沛流水中，击壤而歌的欢乐
兵戈相交的悲鸣，朝堂上面红耳赤的
争论，掺杂有暗器破风的声音。听见了
尚在激流中翻滚的沙粒们力竭的哀声。
沉默的亲人。一起接纳种子
无论是否开花，都小心看护着长大
一起接纳虫蛇与小兽，接纳白鹭与猛禽
一起让这个处于流水中、险境中的
——国度，枝繁叶茂、繁衍生息。

我的，身在低处的亲人们哪……
当我踏上这里：那些堆积着的沉默的
沙粒，借着水流的节奏轻轻朝一旁
挪了挪，为我腾出足够容身的空间
好让我，与他们站在一起。

2022. 8. 3

第二辑

简单的自传

钝　器

夜里刚刚睡去，旋即醒来
楼上住户在木地板上拖动椅子
那种响声，是两个愚笨物体间
相互的抵触，相互的支撑

这些年我在时间里顺流而行
作为尖锐并迟钝的物体
身上涂抹一种称作世故的油脂
绝大多数剐蹭，被衰减至有痛而无痕

凌晨，楼上的钝器仍在钝器上行走
仿佛是我拖动自己，并竭力从体内抽离
那种难以割舍却不得不去
沉闷的摩擦声

2019. 1. 30

一念蜡梅

我见过许多种花，凋落时
一瓣、一瓣剥落自己
留住不舍的花心，留着残念
在风里，在雨里颤抖着掉下

而蜡梅，她想开
就用尽全力开。仿佛一忽儿
就挂满了枝丫。
想要落时，她就把整个儿的自己放下

蜡梅花是很苦的，她要等叶子落尽
才能开花。她要等
漫天的雪飘过，漫天的寒飘过，
才可以落下

2019. 1. 13

寻人启事

这个冬天，我在寻找一个
十一岁的少年
他有瘦削的双肩
穿一双蓝色回力球鞋
失散于多年前，一个明亮的晴天

我到过他曾玩耍的后山
溪流刻意掩饰自己清脆的嗓音
青草缓坡已被枯黄松针铺满
我也经过他的教室，孩子们穿着
灰色灯芯绒外套、的确良白色衬衫
班级看上去，像一张泛黄照片

我记不起他笑的样子，记不起
他倔强而委屈的哭喊
我早已忘了他因何走失。只是懊悔：
自顾自追逐于喧闹街道
任由他离我越来越远

更让我难过的是：为什么直到现在
才开始寻找？这种寻觅是不是喻示

我已经真的

走进老年

2018. 12. 5

纸　船

情愿它搁浅在荒莽热带
某个废弃岛屿的肮脏海滩。
情愿它被封印在南北极
某座悬浮于中庸，漂泊于局限的冰山。
再不济一些，情愿它沉入水底
与鱼类为伍，被暗流卷起的泥沙
深深掩埋。

曾经以为，
它会沿着城市的沟壑进入真实的河流
在那里洗净身子并顺从河道指引一路向海。
立于浪尖御浪，驾驶激流过坎……
留有我字迹的船体泛黄甚至溃烂
柔韧的纸张早已破损为褴褛
它仍未解构，绝不坍圮。

少年时折叠的纸船
选用最白、最厚纸张折叠的纸船
——我为它设计过无数结局
却没能预料：在这个无所事事独处的周末
当我就着中年的鸟鸣吞下清晨的降压药

点燃今天第一支烟——发现它
已默默返回，静静停靠在脑海
年久失修的港湾。

2020.5.17

我们只可以带走一片叶子

这么多鲜花、枯叶、流水
我们走过以后，留下一地的赞叹
悲悯。带不走一朵花瓣
她终会腐败、蜷曲
掬不起一捧流水。掬起的只能是
流水的后世，而非今生
但我们可以带走一片叶子，一片
枯黄的叶子。它的脉络
脆弱而又坚定。
走到现在，生活给我们的指向
已是如此清晰——我们捧着
落叶。仿佛捧着一幅阡陌分明的地图
我们沿着叶脉固有的经络
头也不回地前行

2018. 12. 23

时间肯定了什么

你看不见的，时间都能看见。
譬如一座坚固高矗的铁塔，从钢材内部
缓缓渗出红色砂土状杂质。
铁塔深植的山体内部，巨大鼓风机
将气体持续压入逼仄空间
山腹缓缓隆起——仅凭气流支撑
的整座山体，植被、石块、土壤
经不起洪水轻轻一击。
泥石流频繁，预示了什么？
干涸的泥石，是已被干燥的空气收服
还是另一种按兵不动？
我们看不见的，时间都能看见。
时间无法肯定什么，它所看见的万物，
一如它本身呈稀薄液态
稀释一些，带走一些。

2019. 12. 3

奖　赏

活着的人困于怀念。而死去的
站在辽阔的海上。时间的海
神的光芒下，海面翻滚闪烁的珍珠
死去的人望着波光泛起的地方
他清楚之前所有的来处。他遥指
尚未抵达过的某个光斑自语
"那是我下一个去处"。死去的人
对这海洋着迷，他穿梭于每一个
波光泛起的地方，他前往然后
忘我地活着。他离开也会记住
那里的事情。但他不会留恋
不会怀念。每一次抵达和告别
都是神，对他的奖赏

2022. 3. 26

濒死研究

研究表明：濒死状态
意识，有三十秒的时间回顾今生
电闪雷鸣般穿越时空，再次亲历
从婴儿到死亡之间的每一个情节
相对于意识之快，这区区三十秒
像面筋一样被任意拉抻，直到
——"如一生那样漫长"
于是人通过意识，又活了一次
只不过这一回，已然洞悉一切的我们
无法用意识的力量来控制行为
无法住嘴，无法阻止自己的莽撞
也无法让平生快事，变得更为完美
我们眼睁睁目睹自己
愚钝、狭隘、偏执、妄言，并因此羞愧
眼睁睁看着自己：失落、狂喜、愤怒
却没有办法出言劝解与安慰
每每想到这里，我就冒出冷汗
——此时此刻，那个若干年后濒死的我
是否正默默注视着现在的我
他明明知道我所有的罪与错
却无力拦下我，只能任由我沿着既定轨道

冒着浓烟，嘶吼着
从生命——这个时间的隧道中
不管不顾地狂奔而过

2022. 3. 2

擦　拭

妹妹走的第二年，爷爷走了
又十三年，奶奶西游
到今年，三叔也找他们去了

亲人们相继离去
他们活着的一切证据，被一双
叫命运的大手，凭空抹去

我时常，恍惚在深夜
擦一擦我四十多年的记忆，臆想抹去
与现下无关的东西。只是
每擦一次，那边亲人的音容和笑貌
都会更加清晰

2018. 10. 27

倦　意

昨夜梦里，死去的亲人复活了
我们一起烤炭火、下饺子、喝五加皮
现实里认识的人，有些还没有认识
有的只为我放映了弥留之际
仿佛认识、交往、相知相杀的过程
皆为虚无

画面太快了。视觉在虚构里疲劳
声音太乱了。必须塞住耳朵留一丝清明
以免在浅睡中醒来。或以这线清明为纲
让这毫无价值的梦得以继续

而预设的闹钟总归是匆匆震响
——对我而言，醒来的时候
具有最深重的倦意

2019. 1. 16

易碎品

午餐时我们提及梦境。
提及一个在梦里反复出现的场景
一些人在梦里与我们有过的
某种约定。

回来的路上，我们又谈及
承诺不可轻许
一诺既出
就算付出一生也应践行。

此时有人问起：那么在梦中作出的
尚未兑现的承诺，如何是好？
这使我们长久沉默，宽大车厢
只听见发动机的轻微鸣响。

深夜交谈的时候才知道：
当我们沉默，是因为都想起了
这一生里，曾经匆匆走近并做了些什么
随后又不顾挽留，决然离去的那些人。

2019. 7. 28

独 唱

鱼类在内部无声潜泳，偶尔跃起
涟漪一圈圈荡开。
晚风轻轻，晴朗的时候
它喜欢把月亮拥入怀里，小心摇晃
想象她，独属于自己的水域。
为她唱歌。那首歌，漾起细细的调子
一遍遍漫过沙岸，又缓缓退回。

它聆听自己，聆听雨点擦过自己的皮肤
聆听冰冷的雪花儿沁入心脾。
聆听西山脚下，溪流的铃音越来越近
在融入自己之后，归于寂静。
它能听见流逝的声音
——南面那座天然的堤坝，决口
在一点点变大，那些水尽可能悄悄离开
却遮掩不住脱逃时的欢欣。有时它会
借着风的伴奏，不再掩饰翻涌的乐声
因为它知道：除去群山，无人倾听。

有时它也会怀疑这个判断
——每当它吟唱波光里的清晨

总能听见啾啾的鸟鸣。它不清楚
这是群山对它歌声的回应
还是由于太过渴望，幻听到的
伴唱的和声。

2021. 5. 30

炽热的灰

他也曾被点燃，曾对着风
高声唱歌，拼尽全力地欢呼。
有时也鼓掌
火焰里传出噼啪声响。

现在，他苍白。把火苗埋在心里
不动声色。他面临两种可能：
冷却，在时断时续的风里一点点丧失。
或接纳一些纸，一些细碎之物，并点燃它们。

让那些轻薄的青春像曾经的自己
炽烈燃烧。让熊熊的体温，无缘无故。

2019. 5. 4

阳光透过窗户

阳光很暖。她斜斜穿过
我的手无法穿过的玻璃。
她照射着我，使我温暖
也使我获得一种匍匐于地面的
黑色的身份

——他和我拥有同样的轮廓
与我合用一粒心脏。但他不具备
心的跳跃。不善于将眼神
分散，或者聚拢

他热衷于变形
只要我处于光照下，他就是我
紧紧相连、无法摆脱的
另一部分

2018. 12. 18

柳　絮

春天正午，阳光是好的。
我的儿子，也拥有最好的年龄。
并肩行走时，他对事物的看法
被一副耳机轻轻压住。
只是在经过斗潭桥头时，他轻喊：
柳絮！并像小时候那样伸出双手
跳起来，去捕捉
——他也许还不知道：有些事物
是如此轻飘。时常借着振动的气流逃跑
也会趁你凝神于他物的时候
沾上头发，沾染领角。

2019. 4. 6

打水漂

你的石片在河面
十多次弹起
划出复杂水纹
才沉下去

你帮我挑选扁扁的卵石
告诉我：坚硬如石，也需被岁月
磨平几处棱角
才能在沉浮之间
闪身而过

爸爸
如今你老了
保持着骨头的坚硬
只是腰背，一年一年
沉下去

2018. 9. 1

父亲的打击乐

快乐的时候，父亲从不唱出声来
他用十指和腕部在椅子扶手或茶几桌面
连续击打。那些沉闷了很久的木质
被赋予一串串节奏明朗的声响
——咚锵咚锵，沿着木纹向外流淌。

当我幼小，他曾用筷子轻敲自己的酒杯
我可以看见那些瓷质、玻璃的薄翼
毛孔般细密的震颤。杯中酒香于此时
从轻颤中嬉笑着逃出来——这让我感受到
畅饮的乐趣，至今仍然为酒着迷。

——我学父亲，将情绪像酒一样
小口小口饮下，任其缓缓滑向身体深处
潜入血管，传送至所有细枝末节。
到血液饱和，再也溶化不了的时候
就带动手指，舞动起来。

2019

父亲的回忆录

一些苦难，一些悲喜
流水一样，携带莱芜山间泥土
泥土里蕨薐和刺蓟的细小根须
携带着蒜泥、姜丝、苞谷粒
高粱烧酒的口气
缺乏上声的乡音、前额与身上的伤口
携带古书里我不懂的文字
携带心律平注射液和倍他乐克药丸
岁月用卵石般粗糙的日子，垒成沟渠
任这些，急急缓缓地流

这是一口灌满重水的堰塘
低于风，高于倒映的
时明时暗的天空
那些忽大忽小的风
将浮于水面的那些
痛楚或悲怆，沉下去

2019

坐在温和的夜里

坐下之前，应该行走
在身体沁出细汗之后静坐
与月色，与夜风制造的水纹
与偶然掉落水中但并不急于沉下去的
半青黄的叶子对话

我们对话，无需唇舌、声带和胸腔
甚至可以闭上眼睛
——没有哪种眼神，及得上
水面微漾的光

那是已经入睡的妈妈，在梦里
对你说话。那是初恋的姑娘
说过，或者，没能说出的话
那是慈悲的神
说着怜悯的话

是刚才掉落的这片叶子
这片还在水面上，慢慢漂浮的叶子
请你，带给树枝的话

2018.9.11

春　天

云层背后，阳光发力
遗弃于半空的、前朝的积雪缓缓融解。

天空挣脱冬的锁链，大批量生产
免费的饱和溶液——每滴雨水都携带着一枚

点燃引信的太阳，跳下来
要把残存的冬日炸裂。

风是招安使。赴死的雨水逐队安抚
整编为温和的阵列。

于是，铺天盖地的水珠，被塑形为芽苞的形状
小心地移植到干渴的枝干。

我深谙这场革命的底细
是因为我出生于南方这个多汁的季节。

我至今还怀揣着，祖先交付于我的
一枚浑圆的火焰。

2021. 1. 11

春天（二）

瘦的盲者穿上青袍
水边、山道、房檐……
整个世界是他们修道的学院

色彩的大师随意站立，聋哑的他们默念咒语
个体的领悟被全盘捧出，一朵朵、一丛丛，
那是人类无从知晓的色的配比

华丽装束的舞者、挑刺儿的批评家
翼翅薄而剔透，置喙于植物们小小的作品
嗡嗡的阳光之下，世界轻盈飞起

油菜是不讲理的风暴——暗自淬炼
阳光中的黄，齐刷刷列出方阵
呐喊着一式一样的口号

你深信——死去的，会在这种将沸的场景
趁乱复活。每个春天都是手足无措的
久别重逢，让你无声而泣。

2021. 1. 25

雨　云

人间有多少心事在白天蒸发而去
堆积成阴郁的云
顺着风向沉闷行走

世上容不下的怨憎、悔恨、烦忧
甚至部分亡灵，会被收纳进云里
所有窃喜、高歌与希望都将与草木一同留在地上

一只鸟　从它与我们之间欢快掠过
它在远空注视我们

它将在某个你不知道的时候
以暴雨的形式
将所有负累一吐为快

2018. 5. 31

黄　昏

苍老的群山保留着久远的接纳之心
对一枚即将熄灭的炭火
数点乌黑鸟羽
均报以同样静穆回声。

我也愿意松开胸中弓弦
卸下一支透明的长箭
待日光耗尽
就在黑夜里隐姓埋名。

2019. 5. 3

空

需要一段咒语或者一杯苦药
忍一点点痛，就可以把身子变小。

小到像一只松鼠，把自己藏在叶子后面
竖起耳朵，听人们高声说话或者小声窃语
并接受所有与己无关的论调。

小成一只变色的蜥蜴，能够适应
除了火焰以外的任何环境。小成
一只蜂，累了就藏在花间睡觉。

嗯，可以成为小兽、家雀儿、鼠辈……
但绝不能变作一只在迁徙中翱翔的鸟
——四面皆空。使劲穿越一些空
破开虚无——抵达的，还是空。

2019. 5. 23

去异乡

对久居之地心怀倦意：
苍白街路，灰色天空下灰色房子
田野，有衲补后新旧疏离的斑驳
农房外墙上红漆圈画。无人采摘的蔬菜
于暖冬寂寥，开黄色花

他是没有故乡之人。父辈们迁徙
在广袤之地由北至南，从东往西
江河渡过不安的因子。栖居是震颤的枝。
每一处异乡具有相像的天空
少年断续的琴音在夜里黏结

故乡不是地域概念。它存在于安静的纸
是金婚的妻。美好留存于念头
任何探究都会再次，使回忆蒙尘
在他看来：安定，是如此陈旧
每处异乡，均有不可知之美。

2018. 11. 4

老丝瓜

未决之事悬于空中
只需轻啄
便会轰然坠地

想起青涩时那不顾一切的攀缘
她纤瘦的身体就慢慢
垂了下去

2018. 12. 9

惘然记

铜青与铁红
总归会沁出紧实的身体
——作为良药，时间的副作用
让一切都生出老年斑。

我们以为早就被这副药剂
消弭的东西固执隐身于身体内部
当你觉得衰老仍离得很远
它们从业已松弛的组织里缓缓渗出

让你记起，你以为早就忘却的影像
——那些葱白与葱绿
那些细叶、那些尚未在风雨中空摇的枝
谷物们齐刷刷举起的青涩的针

而此刻你望着深邃镜中浮于表面的自己
你望着刻在自己表面的，流水细密的痕迹
被时间的灰烬染为霜白的须发
恼恨这些不洁的白无法用清水洗去……

你知道：对于下一秒而言

记载此刻的字迹已经被火焰蚕食
迅速成为追忆。即使在个体的简史中
也不值得留存只言片语。

2020. 5. 30

私 章

别用阳文。那些单薄的凸线
即使是在石头上，也显得虚浮。
要深刻。要让指端在抚摸时
感受到粗粝，感受到纵横的凹槽有些烫手。
让反向镌刻的名字，在被读出来的时候
像埋伏于刺刀寒光背脊上的阴影部分。
姓氏旁边，要制造裂纹
以便与家族的古老相映衬。
注意留白——腾出必要的空地
留与后来人。
选材最要紧：不必为保持久远的清晰
而刻意坚硬。找一块柔软的石头
让我艰深的名字在若干年后
风化于时间，轻描淡写的刻痕。

2020. 3. 17

冬 至

这天必学的功课
——如何看待倒置的事物。
回顾一下：一枚样貌端庄的蛋
怎样在渐次升温的水中
慢慢倾斜，直至在沸腾里
颠倒过来。我们无法观察到
它的内心是如何缓缓凝固
但可以想象，焦灼的定型是为了
悬于水间的站立足够舒适。
同理推想：虚怀向天的杯子
在酒过三巡后，为何选择
反扣于桌面。又在次日酒醒时
正过来。理论上，端庄及其倒置
取决于视角。并且处于循环往复之中。
一如白昼与黑夜，夏至与冬至。
只要岁寿够长，我们也能看见
目前被倒置的事物
被耐磨的岁月一点一点矫正
自己的态度。

2019. 12. 22

闰　月

太阳西沉的时候，经年流淌的
石梁溪，水面荡起涟漪。
垂柳岸边，钓鱼人
在收拾他的渔具。

他用一只精巧的桶从溪里提水。
用毛巾，擦洗日光下略显黝黑的胳膊
擦洗长长的鱼竿，并一节一节
收拢，放回竿袋。

做完这些，他把剩下的小半桶水
又倒了回去。
脚下，夕照中的石梁溪
因此轻晃了一下。

2020. 5. 26

立 夏

清晨。随便点开一首歌。
纯色的鸟鸣，将整个屋子的睡意
从清冷中唤醒。无法分辨这几只鸟
是在窗外，还是，藏于乐声。

起床前喝一杯隔夜白茶
仿佛穿越万千长夜的琥珀
于唇舌间变得柔软
缓缓回升到松脂滴落时的温度。

夏天从远处小步走来拥住暮春
一年只抱这一次。待发的蓬勃透过窗帘
随意翻动房间里暗藏着的细小声音
濡湿的梦慢慢晾干。

2019. 5. 6

雨　后

此时空气清朗，远山
使目力得到明晰的伸张。
旗帜耷拉下来，如懒睡者
偶尔挪动他的胳臂。

石梁溪较昨日丰满，以躺平
模拟恬静，却忘记掩饰
浮现于表面的，因为逆风
而绷起的肌理。

波纹，是会意的符号。平静是暂时的
——力和力，在相持中迅速积蓄。
阳光总是在云后判断形势
静卧的人，不知会于何时突然跃起。

这个季节，雨停的间歇
应该看作一场雨稍事停顿
还是两场雨在移交时的
转场部分？

2021.5.24

空 山

丢失的，又岂止时间？
——千鸟隐遁，草树飞绝
无低伏之土，无嶙峋之石。
无坦途，无崎岖
无紧实松疏，无肉亦无骨。
万物归于混沌
无日光星月，无所谓美丑善恶。

群山静寂，仅遵从我的脉搏。
然而
此刻无我。
或者，于烟云墨色中
从未有过山，从未有过我。

2019. 6. 4

默 契

周末午后，阳光从敞开的窗帘后面
照射进来。它倚靠我的左侧
暖意从肩肘萌发，随后缓缓浸润
另一侧身体。
妻子在做家务。有时她会坐在我的右边
她坐下，我身体两侧的舒适度
实现平衡。你看，这就是我
在这个难得闲适周末午后的惊喜发现：
因为我的缘故，太阳与妻子
竟在无意中达成了，某种默契。

2020. 2. 22

怀里的白云

我知道，终其一生，我们都将
互为云朵。用白，来映衬天色的蓝。

偶尔有一朵黯淡下来，我们就
悠闲地融成一团，让人，辨不出你我。

有时哪怕紧紧拥抱，也无法疏淡
身上的黑。那我们就

在消逝之前靠近落日
让它为我们描上，一层层金色。

2019. 12. 26

当我们谈论爱情

我们谈论春天舒展的枝节
叶芽们浅绿的新生。
却绝口不提树干
——那些深疤和断节，好像太煞风景。

我们谈论枝头的鸟儿
从一片羽毛，关联到事物的偶然与必然性。
我们描述鸟声的啾鸣
并主动过滤，其他的杂音。

我们谈论好心情
谈论泛黄的承诺、轻信与未信
由于担心当年的柳鞭再次抽疼流水的神经
我们默契地，避开细节，绕过了爱情。

2021. 2. 14

霸王别姬

能带我回家么？将军
说要将整个世界赠我
早就知道，那只是
你的宏图霸业

来！请满饮此杯
任帐外战马嘶嘶、楚歌凄凄、烈火熊熊
任燃烧的战旗风中猎猎
任那杀声震天

将军！永无聚首的离别
须用冰冷的血和灼热的刀
替代那枝弱柳盘于颈项

即便再活一次。美人万丈深情
又怎能抵得上英雄
几分薄面

2018. 4. 17

当我们坐着

我们各怀心思，漫不经心
寻找一些庸常的、渐进的话题。

这是夏末某日，生活
从紧凑布帛中短暂解脱
人所周知的部分，被刻意掩饰

某些深藏着的，仿佛遇见了
陌生而新奇的缝隙。

2021. 2. 1

界　限

我厌恶非此即彼的论断——
像一堵墙硬生生横亘在两者之间
我愿意成为含糊其词的骑墙派
寻找到通融的方案

要中和：红的固执、蓝的郁结
绿的轻慢，或者干脆把各种颜色
混合成黑乎乎一团
再以灰色，让黑与白交换意见

以视界之远来虚化水与天的界限
如果你仍不信，就以雨滴
以天空的倒影在涟漪中破碎旋即重现
来告诉你它们的牵连

要以全速的航行来模糊远与近的界限
让折柳的泪眼成为古书中的笑谈
要以梦，打通生与死的界限
——远行者归来、隐匿者现身
亲人们仍是从前样貌，与我执手相看

……要以拥抱和亲吻来取消

我和你的界限……互相浇灌体内的玫瑰

两朵盛大的香气会在怒放时相遇

碰撞出十万伏闪电

2022. 1. 13

龙山蛙鸣

深夜想念一个人，会把嘴巴
抿得很紧。生怕不小心
将名字念出了声。可越是这样就越容易
不自觉地弹射出含混的舌根音。

关于欲望的秘密，在很沉的梦里
被以呓语的形式反复吐露。
此时空山静寂，索求已降至最低
它们不知道——有人倾听。

唱念声里，山林化为虚影。
絮叨的经文，怎样才能嵌入谁的梦境？
山的背面，灵山江于咒语之中按捺住
内心的激流。沉吟着等待：下一次丰盈。

2022.5.22

聚饮帖

都不是为酒来的，都不是为宴来的
害了各自的病，寻不得对症药
——每场欢愉都是在
咀嚼
一株镇痛的草

不过，酒真好。哄得体内的自己
痒起来。宴真好
骗得体外的我欢乐成非我无我
沉重而松快啊！只要愿意
便可作惺惺态、作蹒跚态、作缓释态

杯盘狼藉之处，满目荤腥油腻
此时必心生厌倦。醉眼中举筷：
你仍苦念那片散瘀止血的辣柳花
我也怀揣一株曾为我
清热利湿的鸡冠草

2019. 2. 11

物候新

没有什么事物是沉默的。
蚕在吞噬桑的过去，
树木隐于蝉的新生。
初三的儿子也亮出稚嫩而扎眼的麦芒。

落日于江面喧哗，
以致静寂的江水也不安起来。
这让一个中年人惶恐而落泪——

他的惶恐，出自那变化的波澜，
他的落泪，献给那渐渐消逝的晚霞。

2018.5.17

时间的刻度

如果钟表是时间的刻度
那么是否会发生下列情形:

一、钟表在走，时间其实没动。
那些数字清晰描画在容器外壁
而量杯里面空空如也。

二、钟表停下
会不会时间也暂停了
只是人们并未发现。

三、钟表诞生那么久了
谁能告诉我，究竟是时间核对了钟表
还是钟表校准了时间?

有没有这种可能：最初，时间只是
甩了个鞭花就离开，早已消失不见。
而钟表就像被响鞭惊吓的盲驴
绕着磨盘，走了一圈又一圈。

2019.4.19

身体里的影子

你终将活成一支铅笔。
腔体之内，你的影子被一次次叠加
——目光投射，或者
从食指顶端隔空而来的锐利光线
受阻于你的胸肋
微驼的脊背。
你劳作：专注于制造汹涌汗液
但无法析出
这些如茶垢般粘连的影子。
——所以你终将活成一支铅笔（可能
已经是了）黝黑笔芯充填了你
这些沉淀物，这顽固的
易燃的煤。
你只能不停书写
试图将其逐日磨损。
你时常刨开自己
削尖它们
好让这些坚硬的影子
尽量充分地
一个字、一个字地
从体内退出，映照在

时间，以及一张薄纸
的空白部分。

2021. 10. 11

简单的自传

这具身体不是我的
它逼迫我喂养，并违背我
强行地，日渐衰老
最近的好几个早晨
粗粝的阳光透过窗帘缝隙
在脖颈处抚了又抚，像是
还不太确定下刀的位置

2022. 8. 28

轨　迹

飞鸟掠过，空中留下
实质化的虚影。流星坠落
彗尾被夜的胶质固定。

蜓蚰的黏液发出荧光。
鱼类尾鳍摆动，水层生长出
细密的鱼鳞。

我的后面也拖着一条
算法罗织的长尾。在透明的数据里
就连灵魂，都无处藏身。

2021. 12. 15

秋叶浓

入秋之后，体内不安分的叶子
越来越多。泛黄褪色的
去意浓重。尚青的，犹疑不决。

那时多好，它们有不同的绿
每一张叶片都曾在春风里
欢欣摇曳。都曾在光照下
花朵般招展。笑也秀气，不露齿
也没有沙沙的假音。

后来，慢慢地，每一枚叶片
看上去，愈发趋同。
有的叶子会像一个念头
蓬勃生长。也会像少年的理想
尚未枯黄，就簌簌掉落。

入秋后，作为一棵无可奈何的树
我费力地摁住渐次转黄
将离未离的叶子
却无法言说，挽留的理由。

2019. 9. 18

我的影子

我的影子。它以不同的浓淡和形状
穿行于亮。在亮与亮的交替处
它隐身。

我以不同的自己，穿行于
被日月、年份、身体划分段落的时间。
在段落间的空行，我走神。

我走神的时候，它在。
它隐身时，它不知道我在不在。

我的影子，带着一具变化的身体。
有时它干脆换一个身体，是为了穿透
更加长远的时间。

2019. 10. 10

容　器

奶奶把一只粗瓷碗轻轻举起
滚烫的水，高，而细缓地
倒入另一只，同样的碗。
如此反复捯饬，无需多久，水

降低了它的温度。碗沿，不再那么烫了。
刚从山上野回家，浑身大汗
嚷嚷着要喝凉水的少年
似乎，也不那么干渴了。

干渴的人，常因无水，而善于忍耐
甚至，会因心在别处而不知干渴。
却时常沦陷于一碗，就在眼前
但暂时无法入口的水。

作为成年的、直立的容器
我们，也经常在体内水温过高时
把自己化作两个。将接近沸点的水
高，而细缓地，捯饬起来。

2019. 8. 23

很轻，很轻

自鸣钟每一秒都以嘀嗒声提醒。
每个小时，它发出清脆或者沉闷的
警告声。不过现在
以发条为动力的时代已经过去
我们依赖弱电、磁力
早已习惯，无处不在的、穿透一切的
波。它毫无声息
将我们身体击穿。而我们却无痛感
未能被这种静默的刺
从生活中唤醒。

2019. 12. 3

残荷帖

我见过水边芦苇
濒死之时相互撑持
于茫然中枯立，无望中倒伏

谈及死，我更希望像一枝荷：
死，让她无法挺直胸膛
而她用垂下的颈项支撑起

不屈的肩背。几近折断的骨骸
结构成恒定的三角。以站立的方式等候
再一次重生，又一次死亡

2019. 2. 13

阴影部分

有光的时候，她紧紧跟从我
一步不离
多数时间，她大于我，高于我
即使变小，她的面积足以填满
我整个胸膛

她占领我的视野：
白天的树底下，草叶上，花丛中
……到处都有轻轻颤动的她
——她藏在灯罩上面看我
倚在书桌台灯旁某个小物件后边
小心看我

推开夜窗，呶——她变得那么辽阔
星月下她薄而透明
雨天的路灯会使她
迷离而恍惚

有时我并不想看见她
可是只要闭上眼睛

她就填满我的全世界

2019. 2. 14

立秋帖

晨昏风里，蓬松的茅草
纷纷打了个寒噤。它们
有些在坡上弯下腰
背起古老庄重的鹿鸣山
有的则在石梁溪和衢江两边
向正在流逝的
明晃晃的时间
低头

打心眼里不喜欢这些野草啊
出芽、葱绿、繁茂、枯黄、衰败、死去
它们不动。它们推着时间朝前走
而现在，又到立秋

2018. 8. 6

星 空

街灯和霓彩取代了小时候的萤火虫
但我们能拿一颗星星怎么样

它出现在少年的眼里，像少年一般
从那时的空中嗖一声滑落

躲着你，扯过来一层层的云朵
藏在云层后面，藏在月亮的清辉后面

想看你，它们就一起吹气，吹走了霾
静静地等着你仰头，等着你惊呼：

多澄澈的夜啊，这是少年时的星空！
它们就笑，笑得眼泪落下来

2018. 7. 16

倾　斜

蹉跎半生。在一次自斟自饮后
他发现一个秘密：
醉酒人的头晕，以及他们
行走时，常常趔趄的原因

他的研究显示：
醉酒的人才是真正直立的人
此时说的胡话，均为真言
趔趄，是由于大地亘古的倾斜

清醒时的人们，为适应偏颇的大地
只能倾斜着站立和行走
而醉后的状态，则像极了
纯真的、蹒跚学步的孩子
像极了那些，世事洞明
并从倾斜中恢复了直立的老人

2018. 7. 13

乱 麻

一蓬乱草与另一蓬乱草的纠缠
不具有恰当的逻辑

疯长的藤蔓错综地攀缘
一株或多株灌木之上　之中　之下

乱麻理不出头绪
流浪狗的卷毛被虱子编织在一起

我们的话语、词汇如虱子纵跃
主题——数千次转换，数千次背离

2018. 7. 10

迟　暮

夕阳死命地焕发着光彩
却只打湿云朵
让水面与风干了的敬仰一起轻颤

每个爱着的人"唉"了一声
没有能力逆转时间

2018. 7. 1

流　年

无须提及流水——
溪流湍急处，飞雪四溅
即使大河平缓，暗流也迫切。

——真正的消逝皆为静默
譬如一点点花白曙色
浸润如夜的漆黑。

譬如些许粉末
从红墙上
被风，一次次小心剥落。

譬如玫瑰静静开放
时间，慢慢枯萎。

2020. 1. 1

第三辑

另一个崔岩正在发生

树的本事

有的树，最大的本事就是
懂得在合适的时候，抖掉不合适的叶子。

那么多叶子，每一片
它都了然在胸。抖掉一片，就忘掉一点。

鸟儿在枝头歇息的时候它抖一抖
有风掠过的时候也抖一抖。

到了秋天，即使没有风
它自己也会在夜晚，使劲抖一抖。

直到把浑身的叶子全都抖落
它才安心过冬。

2020. 6. 3

客　厅

没有客人，这儿也叫客厅
没有客人，就把自己当作客人。
坐下，对望一眼
——久违之人，总是稍有拘谨。
喝杯新茶，叙叙旧谊吧
毕竟那时，好得如同一人。
而往事如昨夜大雨早被暑气蒸腾
时事又如彤云流转变幻，亦毋庸置评。
亲友，有的已驾鹤而去，有的正聚风云
各有各的活法，背后却不便议人。
那就……讲讲自己罢：这些年为了饭碗
俗务缠身。这些年耽于无谓的思虑
竟一事未成。这些年尽信书中所言
总想寻觅"更好的自己"，却将过去的自己
变成一个个曾经熟稔，冷不防登门
会觉得亲切，而一时间竟
无话可说的客人。

2020. 5. 17

怎样记述某种缺失

只能以黑色胶质液体填充的
落日与晨曦之间的，空余部分？

还是，一座雕像
永远无望寻回，浑圆白皙的断臂？

或者，情如裂帛。但又以游丝方式
有所勾连的旧爱？

一家人享用晚餐时始终空着的座位？
怯怯悬停于盘碟之上

一双只有亲人才能看见的
透明的筷子？

休止符滥用。中年的身体
在弹奏心音时，频频丢失的节拍？

脱落槽牙的缺口。在触碰的瞬间
留于舌尖之上，被放大为无尽虚空的淡味？

一座山，将自己决然推开

隐于起伏峰峦之下的，断崖与深壑？

2020. 4. 30

茶　渍

茶渣倾倒，残茶滗去
洁白茶托上留一道红褐色茶渍

一滴茶汁曾兴奋于逃脱并朝四向溢流
后继乏力，不得不选择克制

现在，它是一道放射状的茶渍
边缘平滑，证实，风干之前仍欲奔逃

用清水濯洗，用手指擦去。红褐色的
那一抹小冲动、小脱逃，像是从未发生

2019. 2. 17

茶是一片倔强的叶子

能用锤子砸开、虬臂拗折的
都倔强不过一片叶子

一片曾被炽烈灼伤，忍住疼痛
保留莽山之色、自然之意的叶子

一片本可以顺从季节和土地，却偏偏要
逆时改命封存自己的叶子

一片只有被热烈与温存紧紧抱住时
才快意而舒适地漂浮起来，一次又一次

给完自己的全部，在满足中
沉沉睡去的叶子

2019. 2. 20

星　辰

都是带着使命来的。
凡闪亮的、可见的，大多已因完结
而被赋名。
具体是何种任务，目前尚不可知
通常情况，应是以某种样式的联结
让原本沉寂的能够相互映照
能够更有光泽，甚至投射出耀眼的芒刺。
也可以视为一种团聚：
彼此寻找、靠拢
直到依傍于某个恒久的温暖
好让一缕相似的血脉
使石化、冰封、皲裂，因戒备
而生出角质的身躯
渐渐复苏，柔软和圆润。
它们并非零落
它们有自己的排列组合。
是的，除了靠近、给予且获得
根本无法独自抵御
浩瀚的黑、浩瀚的冷
走不出去的死地。
至于更远暗夜里的那些

谁知道呢，或许有的已经就位
只不过它们的光亮暂时还没能强到
让我们看见，或许
它们还在更加黏稠的黑里
寂寞地运行
本能地，固执地寻找。

2020. 11. 10

风

风起于无端。
它带来一些运气，又吹走一点点命。
大风，不意味着能带来更多
也许微风具有饱和的满足感。

我和妻子正处于风中。这些年
我们目睹几位亲人在风里被一点点带走
直到看不出丝毫痕迹。
我的父母经历了太多的风，获得了
雪白的年龄、镌刻着铭文的皮肤。
儿子自打生下来，也被风轻轻吹着。

这是初夏。风吹落一些花
又吹开另外一些。小满的风
不急不缓，使谷物拥有了青涩的充盈。
清晨，我将儿子送上了高铁
此刻他应该在一阵力度未知的风里
调整着，站立的姿势。

2019. 5. 21

淡　墨

世界太过绚丽
炽烈阳光被棱镜切割
梦幻被涂抹于事物表面，伪造春天

疏离燥热。应遁入空山，闲坐净石
脆亮鸟鸣反刍古朴诗句
咀嚼词汇。吞下五味，唾出寡淡

借松风，将陷落俗世的半缕灵魂细细研磨
再加清泉七钱、浊酒二两
调和成墨

以草叶捆扎松针，山岩作画
饱蘸薄雾，寥寥几笔绘一纸净土
有人经过。清白如我。

2018. 6. 5

三星堆状物·纵目

需要目睹怎样的匪夷所思
才能完成一次诧异的眼珠弹射
需要经历多少件咄咄怪事
才能让眼球长久地脱眶而出
在冗长的岁月里
需要控制住多少次惊声叫喊
需要强忍多少次不由自主的表达
才会被以青铜造像的方式
奉为——反复寻味的
聋哑的雕塑。

2021. 3. 25

三星堆状物·立人

瘦长身体、肃穆表情
华服、高冠甚至所处位置……
全是小节。
掌握，才是真正的要点
请注意我青筋毕露的双手
——哪怕是虚构之物
只要牢牢地攥住，也能攥出
坚硬的自信。无须探究
我的身份，在那本被反复篡改的
虚构的史学中，你不可能找到
我的来历。就像我
紧紧握住的两枚括弧
无论怎么填写都是错误
唯其空着，方显充盈。

2021. 3. 25

三星堆状物·面罩

有人只管掩住别人耳目
有人爱往自己脸上贴金

活得久了，眼角和嘴角
一些线条变得生硬

表情需要映照金箔的光泽
看上去才像有了灵魂

2021. 3. 25

三星堆状物·神树

更像一座倒立的吊灯
我甚至认为，现代的吊灯工艺
无论材质是水晶还是别的
其创意均出自扶桑树
只不过将金乌替换为更加便于制造的
螺纹灯泡，只不过把造型倒置过来
挪出了神的客厅。
哪有什么崭新。器物，和人
谁不带有相承的血脉甚至于……灵魂？
《山海经》说："汤谷上有扶木
一日方至，一日方出"
我没搞明白九个太阳如何轮值
但依然同理可得：一个崔岩刚刚到来
另一个崔岩正在发生。

2021. 3. 25

初 春

脱离母体的同时，这婴儿
也挣脱了凛冬。人们喜悦地谈论
他眼中的大雾和清亮的啼哭。

赞美像花朵一样由衷
也像花朵一样
具有局限。

此时，那些沉默的、枯槁的
也露出了笑容。没有人
会不合时宜，说出人所尽知的最终。

2022. 2. 15

夜是一枚多汁的浆果

是悬于时间枝头的深紫色果实
汁液饱满，滋味繁复。
其汁黏稠忌沾染。过敏者慎用。
其核薄脆。性寒，味苦，微毒，可酿酒。
酒浆耐久置。数年后饮之，仍易上头。

2020. 2. 29

2月29日

是谁张开如橼双手？
从四年虚空里一分一秒地抓取
时间的沙砾。将这些无主游魂
聚合成塔林中不起眼的宝塔。
偏偏要在塔身贴符
上书金字：障目术。

是谁生有羞于示人的六指？
冷不防从裤兜里抽出
在聚会的桌面摊开……
仿佛一部秘而不宣酝酿良久
突然公布的律法。

是谁赐予我们盲肠与尾椎骨？
素来无用，只在伤病时
平添要命的疼痛。

2020. 3. 1

春消息

表达之前都反复斟酌
每个消息背后，藏着意图；
匿于白纸之上黑字之间的
是重叠了的影影绰绰。

词语，出现更多
引申含义；
句子是落入牛胃的枯草
被一次次呕出来，细细琢磨。

你看吧，这个三月
即将登场的桃花梨花
它们热情的喧闹
叽喳声里，每一朵都眼光闪烁。

2020. 3. 1

潜伏者

你看不见他，可他
确实存在：可供逃离的门、窗
的窄缝，一只随你身形转动的眼睛。
还可能隐藏于书架上书与书的间隙
甚至，隐藏于书的下一页
等待你翻过去。
隐藏于灯光的背面
或者入睡之前任意一处黑暗。
隐藏于你的影子，甚至
就隐藏在你身上。
可以隐藏于炫目的光明
如同一粒危险灰尘混入光芒的流水
隐藏在脖颈之后，或者，就在鼻尖下面
视野恍惚的区域。
像一名身穿变色野战服的狙击手伺机而动
在你心脏跳动舒缓、呼吸平和的时候
冷不丁地扣下消音步枪的扳机。
子弹击中肉体，那声音
沉闷、阴郁。

2019. 7. 17

马群消失

我说的马群，并不是那种

驮着盐巴、茶砖，和其他日用品

缓慢行走于崎岖山道的马队

并不是那种即使努力服从

也会被呵斥与鞭打的，驯服的马匹

我所说的马群来自野性与草莽

它们具有被肌肉撑起的完美线条

肆意生长的鬃毛油亮飘逸

我所说的马群吃野生的草

喝流动的水。只需一个呼哨

只需头马的一声咴咴嘶鸣

就扬蹄飞奔，呼啸着，绝尘而去

蹄音就像盛大的交响

将尘土和草皮的碎屑高高扬起

在风中凌乱很久才渐渐平息

我所说的马群并无数量上的要求

有时一匹马就能奔跑出或者嘶鸣出

一个马群的声音。我敢肯定

我见过这样的马群

却忘记了在何时何地

即使那年在呼伦贝尔布满围栏的草原

也没能寻到这样的场景

因此我偶有失落：看来

我所陈述的马群早已消失

2021. 3. 18

一间屋子

一间破旧的屋子。如你所知：
那是敞亮大房子里的隐蔽之所
清洁时会经常忘却的屋子。
我们不愿打开它——
那里胡乱堆放着陈年杂物。
那是破旧、隐蔽的屋子
是黑暗的、潮湿的，可能结满蛛网的屋子
——我们不愿打开它，但是
那里——我是说那道门
有时会砰砰作响。可能是风
也可能是一些东西——孳生于阴暗和潮湿的
腌臜的东西不经意碰到，或者出于主观
撞击那道并不牢固的木门。
我常因那声音而恐惧。每逢假日
——最好是晴天，就去加固那道门。
我在门边摆设花盆——大叶绿植、正在结苞的花
试图减少这道门，偶然的、古怪的响声。
但这只能降低事件发生的频次
那道门……
那道铸铁的门，仍偶尔被敲响
鼠类噬咬般的敲击声，我的灵魂战栗。

每次我都会向往黎明，向往黎明后的晴天
以便于在光照之下寻找方法
改造那道门。仿佛只有加固
才能阻止逸出，仿佛我已丧失能力
无法在明亮的晴天敞开这间屋子
把尘埃与蛛网沥去，把无用之物丢弃
将曾经心爱之物，细细规整。

2019. 5. 22

闲置的器物

1

被闲置的器物让人嫉妒
尘埃、油垢或者蛛丝鼠迹
覆盖了表面
而它们心里闪烁着
招之即来的光芒

2

两件器物在时光里老去
远远相望，或者相思
它们不能说话
只是注视着，雪片一样的尘埃
洒落在对方身上

3

被遗忘在旮旯里的器物
譬如一枚耳环或一支筷子、一只袜子

有不可言说的快乐

它们独享某个空间

在被发现、捡起的瞬间，小声地哭

4

在蒙尘的日子里

除了朝思暮想以外

没什么可做的

——闲置的器物是个思想者

如能翻译，那是一本很厚的书

2018. 6. 20

蝙蝠记

起初并未发现它。直到它
绕着天花板一圈圈惊惶掠过
把失去方向感的眩晕，传染给了顶灯。
纱窗全都关着，想不明白
它是从哪里进来并在明亮客厅的地板
描画出断续的环状阴影。
没办法捕捉
眼珠跟不上它的转速。
误入，使它紧张
而它无从考究的来历，是否携带着
不可描述之物，让我紧张。
这是中元节前夜，这是我
第四十八个初秋
一只来路不明、兼于两个物种间的
活物，从夜晚潜入
盘踞在我的头顶。

2020. 9. 2

腊八粥

请把握三个要素：热度，红润，香甜
稀薄或醇厚则取决于你自己的口感。
成分不重要：沿袭的配方不再是严酷教条
材料的多与少，有或无，可根据喜好
适量增减。是否被替换为别的
也无须明辨。你见沸水起伏
那是现实的火焰在提取内里
为我们提供，诱人的猩红，动心的鼻息。
你见那些米粒和果仁年轻的身躯
缓缓肿胀与绵软，那是沉湎于交融的快感
将肉体色泽与骨子里的气味混成了一团。
你看更迭的传统由深处向表里冒泡
粥的皮肤毛孔舒张：慵懒的、大粒的、浓香的
汗液，与时令接触化作雪白蒸汽
风驱之而不散，只为提醒你：
禁止想象，禁止琢磨，禁止查究
到底是什么，被熬成了一锅粥。

2021. 1. 20

绿

浅绿，是对漫长冬天最深的厌倦
而浓绿，则是植物对能力的恐慌

在每一个盛夏它们
都拼命挣脱自己，好让自由脱体而出
用力得把脸都憋青了，仍喊不出声音

在别人看来，它们随意而舒展
于阳光和雨水之下闲适地招摇
只有它们自己才知道：受困的肢体

所有的表达都是风的意图
但它们并未沉默，那不管不顾的
绿，是唯一可用的语言

2022. 4. 1

老屋基

联想到老树桩子。
在你看不见的地底，根有多深
呈复杂的放射状，狠狠攫住
贫瘠水土。
我们不会知道，它究竟在哪个春天
冷不防，抽出一支
鲜绿的枝子。
还想到韭菜：老得发紫的根茎
仍在一茬一茬地生。
老屋基，相较于上述两种譬喻
有化石般沉默，和敦厚
即使生来已入土半截，还想藏得更深
——它眼见多少推倒重来之事
看似轰轰烈烈，将炉灶另起
其实无非是，在旧物剥蚀的表面
刷一层，薄薄的新漆。

2020. 9. 26

蓬 蘽

五月有充足的光照，它们保持着
新鲜的赤红。以轻风里矜持的颔首
掩饰，出身低微的事实
掩饰繁殖的渴望——被衔起，被采撷
随后进入漫长黝黑的时空甬道
去向不可知的土壤。
离开，是一种甘甜的想象
哪怕仅仅是越过眼前狭窄的山路
抵达对面的坡地。
为此，它们有以身献祭的自觉
将身体每一部位，全都用力向外
拱出。让每个颗粒反射的玫红光线
成为一缕缕细微呼喊："带我走，带我走……"
而此时它们的内部，因为焦灼
反倒显得空虚——一座精巧的幽深的祠堂
拥有了持续抬升的、苍白的藻井。

2021. 5. 4

柳　絮

谎言飘扬在四月的天空
略有轻风，便四散开来

轻而无骨的东西，落点是随机的
入土则活，入水便被裹挟至
一处异地。依着河岸湿壤发育
或者从此东流去

这些不起眼的轻飘玩意儿
有人吸入，打起喷嚏
有人沾染，瞬间白头

2018. 4. 1

覆盆子

对万物保持戒备之心
是对的
手臂开花
胳膊上就该生出硬刺

不可有招摇之态
不可在晚春的阳光下、细风里
随意晃动你所持有的
细小、微甜的果实

2021. 6. 29

蝉 鸣

漫长的寂寞，口舌
已经完全退化为进食的工具
那么，撕开胸膛
将陈年的郁积宣泄出来
是应该的。

把一些过去
从骨头里刮掉
把整张皮从身上一点一点剥下
痛，就喊出声来
是应该的。

隐忍那么久
就再也不肯藏进茧子，独自蜷曲。
你身披孤独赠予的铠甲
向白天叫板，向夜晚叫板
是应该的。

2021. 7. 15

黑　鸟

黑鸟总能更先看见我
它是：扑闪的翅膀和失措的背影。

它从错综复杂的枝叶间掠走
给我留下，盘根错节的空。

2021. 10. 18

雪

那么多虚度的时光
是被谁掷于高空
又被谁撕成碎屑，凭空扔回？

那么多点点滴滴，被谁
凝为面目一致的晶体
覆盖万物，使万物同时具备了
往事的特质
——轮廓清晰，而色泽失去？

那么多笼罩在现实之上的
凉薄的，冻结的，时间的碎屑
需要多久，方能消解？

2020. 12. 14

雪（二）

时间的碎屑。它占据视野
散落并且凝结。它故意呈现出
无辜的、茫然的样子
却暗自记下人们的步履
再以新雪掩盖。以不久后的融解
来消弭一切。
曾经想象：将滑板为鞋
用不掺入技巧的、笨拙的腾跃
以它无法觉知的方式，掠过
被它覆盖的泥土、寒江和巉岩

2022. 2. 22

冰 水

局部凝结为冰的一壶水
被置于尚未点燃炉火的灶台时
内心是挣扎的。它犹豫的慢性子
在此刻受到折磨——那些已经
完全收拢的念头
正在被另一种趋向所逆转
它想象自己在可能到来的灼热里
轻轻扭动身子
让皮肤和其他感官分摊
持续的痛楚。体内已然凝固的部分
先是被可疑的温暖渐次舒展
随后彻底泯然众人：沉默、絮语、呼喊
疼得打滚……这些还只是它的
内心戏。在炉火被真正引燃之前
这些都不会发生。不过，仅仅凭着想象
它仿佛已经做出了决断
那块坚硬内核，正在缓缓地瓦解

2022. 4. 1

复　活

他被囿于某个光明之地
四周均是炫目光圈
仿佛空间被丝质的细长光线团团缠起。
太亮了！强光之下一切如同透明
除了光，他看不见包括自己在内的
任何人或者事物。他如是想：
"盛大光明之下，同样伸手不见五指"
关于色彩的经验在此派不上用场
没有黎明，没有鸟鸣吐出的晨曦
没有露珠滚落花瓣
不存在任何瑕疵与谬误……
"是光辉的茧子"——他如是想
他记起以前书写过死亡：
"那望不见边际的漫漫长夜"
而此时他觉得，若有一场黑夜降临
便能将自己拖出光的泥沼——
那明晃晃的混沌。

2020. 8. 1

月　亮

信仰来源于看不见。有时
也来自够不着。每当谈论起它
心里就出现一轮或者一弯：被夜幕反衬的镜像。

经验给我们安全感。而共识
的崩坏，让群体发疯——猴子捞月
是一种。天狗吞月，是另一种。

它存在于我们的念力中
无论晴雨，见与不见
它自圆。自缺。自残。然后又颠倒过来。

没有谁会觉得它消失过。没有谁
会真的去假想：某个失措的夜晚
黑暗，修葺并弥补一个最大的漏洞。

2021.9.6

篝　火

点燃篝火，并不能与一片星空
相映照——那太庞大了、太旷远了
稳固又恒久。篝火因其渺小而动摇
又仿佛，因为不确定性而急切。

同样具有不确定性的
还有杯中的酒液。它让点燃篝火
这件事变得纯粹起来：照亮几片
围坐于篝火的青黄叶子。

使它们，在不确定的暮色里
在不确定是否会被过火的温度里
相互眺望，并终于发现：被映红了的
对方的脸上，长着一张，自己的脸。

2019. 7. 18

花

开一次花，就是想同过去
做一次了断。
就是静观、内省
从身体里析出最好的部分
于外部，重新构建一个自己。

还有一种可能是被抽取。
季节或者环境，是某种具象之物
设置的丹炉。他，或他们
——需要使用一株植物
最精粹的成分。

也可以视作：植物的表达。
造化给人嘴和手，却赐予了它们
多姿的口吻。只不过它们
有的话多，有的话少
——纤瘦的波斯菊喜欢扎堆喧闹
只有极少数的花会在夜间
突然说出什么，随即闭合
话，在嘴边干瘪与枯萎。
没能听见的人，只好望向层叠的黑夜

期待寻觅到，语言的回声。

2021. 12. 10

铃 铛

对于凹陷，有两种理解：
空洞或者虚怀。

不宜把玩，极易发生碰撞
并有尖锐声响。须以丝线悬起

蝴蝶翼翅凭空扇动
叶子婉转掉落，秋涧月下流淌。

2018. 9. 14

镜　子

角度，是它最为擅长的领域
——按照你的位置，调整
评判的尺度

它揭示左右互搏的真实。
而我们从无疑义，好像打小就已习惯
从相反的映像中察勘自身和别的事物

面对用以顾影自怜的器物，鹭鸟
是破境的大师。倏忽掠过
细长而尖锐的喙部从镜面深处取出活体

而即便最为平静的水面，也不如它
的不动声色。它反弹
所有关于深浅的窥测。如果深究

它必以浅薄的方式破碎
用无数大小不一的虚像，向你叫嚣
同一种面目

2021. 9. 2

弓

曲张。作虚怀态
——它是有过曾经的。
躯体受风雪磨砺，被一只
关节粗大指尖有茧的手，掌控。
即使身处南方，长期浸泡于温水中
它绷着。仿佛随时有一支长箭
需要运送。需要依靠它赋以力量
使远处的目标，阻断、迸裂、稀释。
它仍绷着。有时它的影子
也出现在酒中，让刚刚释怀的人
瞬间绷紧。

2019. 11. 3

第四辑

我有参差不齐的句子

静物的声音

是你听不见的那一种。
不是指物理学上
以耳膜为终点的传递式振动。
不是无论多么细小
客观上都在颤抖的那一种。

我在说专属于静物的那一种。
是静物在成为静物的刹那发出的
最后的声音。一堆娴静美观的碎瓷片
落地时的尖叫。一张床
在进入深睡前的辗转和翻覆。

桌上的一支笔
一支与纸张有过频繁摩擦的笔
因不完美的书写
被愤愤投掷于桌面时的刹那声响。

一首躺在纸上的诗
在被分行为安静句子之前
有过的汹涌。
窗外远山，在成为山的时候

因战栗、崩裂以及拱起

挤压与碰撞，爆发过的轰鸣。

2019. 6. 3

果　园

一个猝然的结局——
苹果从枝头重重砸落在地面。
无法预知，来不及伸出手去阻拦
不能终止这巨大的进程。只能默认。
我们为一只漂亮苹果的坠毁感到难过
甚至关闭嗅觉，不愿捕捉那只
碎裂苹果的最后的香气
并庆幸于其他苹果仍攀在枝头
保持着红彤彤的、甜香的沉默
庆幸于，我们的难过是那么短暂。
当我们离开果园，果树林的颜色
在回望中转为浓密。
曾悬挂过那只苹果的枝条
仿佛从背后悬挂住我们
在黄昏的风里，纤瘦和暗淡。

2020. 6. 12

烟　卷

没有人是无辜的。

我们会被卷入
一张薄纸。接受火焰的拷问

所有的回答、争辩，甚至
怒吼和呻吟，都将在嘶嘶作响的青烟里
吞吞吐吐，却不予采信

2018. 12. 23

立 春

又来了。
与其说是更迭，倒不如默认了吧
这只是旧循环。
殚精竭虑，青绿转为枯黄随后凋敝
然后再来一次，一样地沉默着衰老
或者，被刈除、砍伐。
把香甜的、柔软或硬朗的，给出去
把果子、花朵，甚至整个身躯，给出去。
也有不甘心的，妄图在规定的时序里
动动大手脚，写下大文章。只可惜
节气之下，一应变化
即便声势激烈，哪怕移山填海
均为小格局。

2021.1.10

刺痛练习

我在做一种练习：
穿着钉鞋碾踏镜子的碎片。把碎片
踩得更碎，把镜中的事物踩得更碎
让那些左右颠倒的映像
成为透明、尖锐、吱吱喳喳的破音的残渣。

要把这些极易扎破手指的渣滓
从地上抓起来
填入音乐，填入如音乐般流淌着的透明的事物
让每个音符、每个小节在转承时
发出咯吱咯吱凄苦的声响。

填入秒与秒、分与分、小时与小时
白昼与黑夜的缝隙里，让人们
因其透明而无法分辨
因其琐碎而无从捡拾
因其尖锐而被刺痛。

让人们蜷曲在
如音乐般流淌的时间里
被刺出难以辨别的细小创口

被刺出

隐隐的痛。

2019. 5. 1

暴 雨

只有一种齐刷刷的声音
被允许

当它不断加大嗓门
遮盖住别的声响

当它像大水那样：反复冲刷
并且浸入你敏感的耳廓、口鼻，不肯退去

这种喧嚣
便称之为宁静

2021. 7. 22

灵　感

作为一个频频失误于
拍摄雷季闪电的人，我根本无权
去讲述一块陨石掉落地表时所迸发的
那种夺目的光。
没人可以通过观测、丈量、计算
研究一块，偶然脱离不知名天体的
石头的轨迹，无法判断
它将在何时着陆以及它的落点。
——记录一种偶然，这件事，
比偶然本身更具有偶然性。
你看，你首先应是个摄影者
还必须具备类似于西部牛仔那样
从皮套中迅速掏出装备的敏捷
当然这些仍然不够，我们还需要运气
所以此处，又将提及天赐——
拍摄下记录下那瞬间光芒的人
曾沐神恩——
这远胜于在事件发生以后
去陨石造就的巨坑寻找
细碎的天外飞石，也远胜于
像我这样絮叨地描述。

那张，记录下瞬间光芒的照片
也许因曝光过度而稍嫌模糊
但从客观上评判：它记录的那一瞬间
仍是天赐的、偶然的，常人难以捕捉的
惊人的炸响。

2019. 10. 1

灵感（二）

那是，长竿末梢之外的水面

由一枚细长的、大部分潜于水面之下的

浮标。传递的信号。

要充分留意那些细小颤动——

那非常容易被风摹画的水纹掩饰

不是律动。无法辨别更不能描述它的节奏。

一旦发生，可能引起钓者心颤。

此时不能提竿，要放过

水底之鱼在咬饵之前

狡猾的触碰。

现在可以做的是调整

均匀我们的呼吸。双目紧盯

透过水波布下的虚光

看清，轻巧的标相。

更多时候，浮标将恢复静止

偶尔，当它匀速下沉或者抬升

并作短暂挺稳。此时我们暗叫一声：

"来了！"

抖腕，提竿……

不论最终浮出水面的

是什么鱼，我想

这应该是捉住一只飘忽的蝴蝶
的全过程。

2019. 10. 1

山　谷

1

你们已登顶，向着对面山峰
发出兴奋喊声。回音像山路一样荡起
你们俯视山外田野、远处城镇
走在山路上，状若蚂蚁的人。

我不想上去。我在山脚谷地
在流水与鸟鸣声里仰望。
偶尔也会安静下来，怀想当年造山
这里有过的，人所不知的轰鸣。

2

我看云时，仍是云。
在你们那儿，已是雾蒙蒙一片了。

3

再高的山，也会将心事

隐藏于谷地。此处潮湿、平缓
利于一切种子（即便是火种）滋生和蔓延。

4

山是大地的怒涛。
谷，有点像伏于水面之下的，沉默的岛礁。

5

难以判断：它是开启着，还是闭合的。
——敞开胸怀面对无论晴雨的天空
却以草木与落石，虚掩进入的门。

2020. 7. 7

我们的家园

正如你听说的那样：鲜花盛开
在没人可以看见的地方。
正如你所看到的：泉眼之外
弥漫着干涸的焦煳味，而小小管涌
总被掩埋在空旷的地底深处。
你看——
那不是蛛网，那是古老的皱纹
交织在一个足够小的容器（或称之
无限大的虚境），密纹，遮盖住
犹如实体的万物。
那也并非枯井，而是我们将眼睛
蛰伏于掩体。为了防止一些晶莹
无谓流出。我们的家园
并不在同一场域，也不存在于
立体的，同一的维度。

2019. 11. 21

我有参差不齐的句子

我有参差不齐的句子。
我的锯齿，不会锯断往事的经络
由于需要顺着藤蔓追溯
我拿梳子细细捋直。

难度是巨大的：缭乱而纵跃。
昨夜半酣酒桌，从遥远南疆
归来的人，叙及卧榻跳蚤
叮咬的虱子。

既然抚平潮水也无法倒映圆月的宁静
那就随它荡漾起瘦长的闪光的细碎。
经验里的初雪，在"是"与"否"之间
一边任性，一边懊悔。

2020. 1. 7

脱逃术

绳索或者铁链，一寸寸收紧
勒入皮肉。皮肉在绳索的间隙变得浮肿
骨骼开始咯咯作响。腔体缩小
空气、清澈的水、盛开的花朵
原本胸中流淌着的绿色被压缩成牙膏
又像牙膏那样被挤出身体，随后
失去黏合度，像尘埃一样
散落在束缚之外自由的风中。

而此时在别人看来，你并无任何异样
身着正装端坐在那里，小臂随心
带动腕部和手指，在制式书本上
批注、记录。所以这是你的问题。
你把自己幻想成一个脱逃大师
选用最结实的绳索将自己五花大绑
并在如此捆绑之下，把自己置于
数十米深的水底笼中。试图
解开某个疙瘩以便从困境中脱逃。

有时你也会将身体恢复自由，却囿于
某个狭小的场域——譬如钢化玻璃的淋浴房

你手脚灵便却始终关不掉滚烫的热水龙头
迈不出这个逼仄的空间。这有限度的
自由，使你一点一点地丧失。

2019. 10. 27

炼金术

要讲玄学，而非科学。才能从
不含有金元素的万物当中提炼出
金子。不必拘泥于某种矿石
不必苦苦寻找，不必赤裸身体拿个簸箕
在流沙河一侧，反反复复淘洗泥浆。
不必在发现那一丁点可怜的绚烂时
小心翼翼地挑拣出来，置入
随身携带的铸铁器皿。不必
将这一粒粒细小的收获日积月累地
存储起来。更不必将其视若珍宝
而束之高阁，日夜担忧
房子失火、盗贼光顾、虫啃鼠咬。
不必终日与暗无天日的矿洞
打交道。炼金术的奥秘与独特之处在于
凡所见之物都含有丰沛的金子
甚至在每一个人身上，都含有足够让
自己受用终身的金子。只不过由谁提炼
比较未知。此外炼化和提取的方法
兑换和使用的方法，各不相同。

2019. 10. 27

读心术

把话说明白了吧：
任何技艺，只要涉及精神领域
都将是轻而易举。
对于那些柔软的、脆弱的
我们术士会选择像钢针、剪刀、匕首那样
直接攻破的方式。
而对于强大的、坚固的或者
看似柔软却饱含韧劲的
我们所采取的方案将会变得谨慎而迂回。
譬如对待一匹，刀枪难入的天蚕丝
我们选择水。将我们所需要的色彩
用水溶解。一点点的浸染
让这匹坚韧的丝绵误以为这是一种
诚恳的交换。嗯，小心的，一点点
浸染。直至骗取这块丝绵
隐藏于内里深处的、最后的
一线洁白。顺便补充一句：
对于那些看似牢不可破的
均可如法炮制。

2019. 10. 27

留　白

不必再说了。要说
也无非是将现有的画面
再费尽心思地，引申一遍。
沉默处不是沉默
是清晨遮蔽视野的雾气
潜伏着光，或者隐约的、沉闷的雷电。
是暂时静止的海
心意稍动，浪涛即刻裂岸。
是密云满布的天空
倏忽间云开见日，或滴滴点点地
落起雨来。
不必再说了。空白处不是空白
那里的深处，藏有原始的乐声
一种被称之为"说"的东西
充盈其间。

2022. 5. 7

意　连

笔尖短暂挑起。而手势依然。
一条墨迹中出现豁口
纸上——赫然的深渊。
那相望而又相斥的两端。

震灾时，硬生生分裂的山体
在之后的岁月里各自葱郁。
对视的河岸，共同怀抱
流淌着的惘然。

美学。流露暴虐的一面
隔着深壑，永远无法并拢的铁轨？
吸铁石，以正负两极相对
在磁力恰好不及之处，保持的静止？

——两只，想要竭力够到对方的手
那遥相碰触的指端
被某种不可抗力于笔尖微提之下
永久固化于，某个刹那间。

2022. 5. 7

重　塑

不必担心。所有成形的
碎了。抟一抟，就可以再塑一次。
字纸被撕开，那微不足道的声响
揉为纸浆后的稀白，才是纸的本质。

拼凑词语，就可以连贯说出
崭新道理。把道理拆了，那些
窸窸窣窣抖落的，仍是字词。

不必介意万物有其来处。

我们用排列、拼凑或者黏合的方式
反复使用它们。直至
一些活跃分子渗入别的身体。

直至，这些本不相同的事物
失去自己，并具有了
共同的气息。

2020. 1. 5

小雪日，晴

连日阴雨之后
寒冷
呈现出温暖的样式
南方的冬天
替小雪偷换了概念

我在雨天寻觅句子
在阳光下把句子拆散、晾晒
以词汇为逻辑，将那些
仍然悬挂于晴空之上的水珠
串联起来

2018. 11. 22

来　历

句式被拆分、重组
最后还是搁浅于舌根，吐不出去。

受阻于吸水层过滤层，口腔细菌
在无纺布附近发酵，制造唇角疱疹。

有多少词语被埋进土里
在恰当时候，就开出多少朵花。

每个花冠，都有无从探究的来历。

2020. 1. 30

奔流（组诗）

（一）溪涧

必定有一条巨大的鞭子凌空抽响猎猎之声
奔逃的，岂止是牛羊、马群、野兽
风被驱赶，裹挟着杂树、沙砾和时间，
云遭驱逐，夹带了豪雨、雷鸣与电流。

山体的脉搏沸腾，血液骚动奔涌
沿着火成岩骨骼，撕开
陈旧的伤口、皲裂的肌肉
迸溅出，积攒了几个世纪的自由。

遇石，如奔马跃过
经年的马蹄踏破亘古的坚硬。
断崖处绝不回头，舍身跳下
以柔弱身躯，生生在崖底砸出巨坑。

跑啊！呼唤同类，啸聚山林，
漫卷了碎石、枯叶，不管不顾地跑啊！
放牧命运的人，扬鞭在后。

快跑，是唯一存活之道。

(二) 江河

相同命运的人总会不断聚拢，
搀扶着向前，并未寻找到自由。
路，被世代突围的祖先跑成了沟壑
宿命，早已奔走为深刻而曲折的河流。

沟壑深处，泥沙掩盖住祖先死于奔逃的尸骸
掩盖住华丽的沉船、精美的器物。
掩盖住腐烂的纸质经卷。掩盖住，
祖先砍伐的巨树，那些阴沉木经年不朽。

沟壑两侧，江水灌入山体巨大的洞窟，
那些人类钩心斗角的历史，掩埋于
不见天日的深处。江畔不死的芦苇，
在每个风里的秋天，都枯败成马鬃的样子。

江水汹汹而来，狠狠撞山，激起暴怒之浪，
又愤愤而去，按前人指定轨迹，默默而走。
总有不安分的流水，破开堤防夺路而逃，
有几回迫使大河改道？不都是悻悻化作乌有。

（三）海

密林里的象墓，荒漠中的金字塔。
是深邃静默的宝藏，是埋葬时间的坟场。
人们热衷于探寻地球之外的空间，
却不知，海洋是大地怀抱中的宇宙。

江河在此死去，水的尸体，
散发咸味的腥臭。死去的所有，
汇聚于此。堆积如山的骨骸底部，
不为人知的国度，运行着怪诞的法则。

无人敢于窥伺。窥视者形神俱灭——
空无一人的鬼船，在月夜，影影绰绰。它们
似乎也想与人类沟通，君不见，万千年里
海浪以摩斯电码形式，一遍遍冲击岩岸。

江河又在这里复活。有时
化身为气冲向云端。有时又以
暗流的形式，胁迫鱼群，潜伏在海面之下，
伺机于夏季伙同飓风，向人类进犯。

2018. 10. 14

所见

楼宇线条冷峻，有严肃的灰
所幸天似穹顶，以水泥色泽笼盖。

平整的湖面，试图如实叙述天空
而风不止，为这幅镜像，添上弧圈的滤镜。

杨柳垂下枝条亲近水面
一次次屈身，腰部形成谦恭的半圆。

远处溪岸绵延，群山起伏
它们用弯曲和迂回，抵御时间

——一道用无数枚箭镞构成的，笔直的虚线。

2019. 4. 13

鸟鸣涧

我们在溪涧一侧提高了嗓门交谈
隐约有鸟鸣，从隆隆水声里
浮起，又轻易卷入水底

抬眼望去：溪流中间的巨石之上
几只黑白相间的小鸟跳跃着啄食青苔
两岸山上林木幽深，想必也有鸟雀
三五成群，在叶丛中觅食、鸣叫

清脆的鸣唱被激越奔流的水声
压得一低再低。就像是
至今仍然怀揣希望的我们
每次醉酒之后，依次念诗的声音

2022. 4. 5

夜雪将至

战书辽阔。蒙面之人以寒风的匕首送来
"笃"一声刺穿皮肉，扎进骨头

人间所有的黑、所有的冷聚拢于此
质地黏稠

离地八千丈之处，乌云拉起天大幔帐
蚁众、蜂群着白色铠甲，强忍住饥饿窥伺天下

2018. 12. 30

愿 望

它正朝向你而来。它得从
遥远的未知之地赶来——
沿途没有风景可言，没有绿树花朵
没有湖海山川。它来得并不轻易
它缺少铠甲、时光机、任意门
神的通行证。它需要挣开捆绑的锁链
穿过迷雾，小心避开陷阱，破除
层出不穷的障眼法，越过反复重叠的
暗物质。它很可能陷入迷途
随后于瞬间轰然解构，也可能不断遭受磨损
等你看见，早已经失去原形。
但你要相信，它正不顾一切
向你而来。尽管靠得越近就愈加危险
它不会有一点点迟疑。在适当的时候
它将提示你，从身体内部、从内心
抽出一根细长的绳索，向它抛去
——那是它所能看到的唯一真实的光线
那是它寻找到你的最后的依凭

2021. 8. 27

大雪无雪

一整个下午奔赴某地
然后折返
如同一场雪汹汹逼近
于远空观望良久
又回到沉郁的云端

在南方，太多事物
因为犹豫，故而迟缓
一场雪也学会欲言又止
思虑再三
仍以冷冽绵长的雨水
敷衍了事

雪没来，世界做不到
黑白分明

2018. 12. 6

雨的表达

当风挥动着成千上万个
晶莹的鼓槌。地表的一切
成为不同材质的鼓面
——为它的言说提供声调的鼓点

它讲述庞大的悲欢
被细碎之物一点点击穿
缓慢溶解于庸常的流水
它讲述人们像雨点一样穿梭
任何安静的一滴都将被水流裹挟
撕裂，随后离开。于集体之中
无法指认自己的所在

它讲述时间其实是一种
具象的循环
汇集、流动、蒸发
又像雨水那样折返
——所见之事总是携有旧的影子
是因为时间的水滴
无法彻底离析历史的重盐

它讲述的节奏时而激越
时而平缓。有时它声音嘶哑
有时你听不见
它牛毛般细密的碎念

2021. 8. 17

钟　声

洪钟隐忍。时辰未到
它就把疼痛悬挂起来
把沉重悬挂起来。

捕捉，并收纳
风中的闷哼。用沉默作为刻刀
一勾一画，替自己文身。

此刻，明亮的时间让它欢欣啼鸣……
——这是否可以成为深渊
阻断或者交割，旧如青铜的曾经。

而事实上：金属的呐喊被久久荡开
在崭新容器里波纹轻颤的
仍是过去的回声。

2021. 2. 10

苇秆上的小鸟

身怀技艺之人，方可将身置于
险地。一种凌绝之美，摇晃着逼近。

细小身躯，似乎足以承载
人们不曾预料的负重

——苇秆未因倦鸟而弯折
而小鸟承载了沉默。

它刚从灰白天色间落下
漫天的沉默便席卷而来，将它挤压

在画面中心。它只是回转头
静静地看了一眼。

2020. 8. 19

相向论

面孔被映照得特别干净
心思，就指向发光的地方

梦来时
现实就离开了

人间雨雪。晶莹的和轻舞的飘落
淤积的和紧绷的，就蒸腾上去

雾气和云朵，是天地
相持的欢喜

2018. 12. 20

尾　音

拨弦并无奥义。
长衫、坐姿与文气的手势
都是虚招。真正的情绪
隐藏于指端的捻抹
木质腔体
重叠起伏、反复回荡的尾音。

喝茶也是一样。
茶壶、杯子、香案
甚至泡茶的美人，均为陪衬。
一整套程序行云流水
为的只是将微涩的茶汁缓缓咽下
舌根处那轻漾的波澜
回甘的余韵。

一如我们偏爱佳酿浅尝
任酒液一柱、一柱
点燃体内熄灭良久的烛火
——摇曳的微醺。

2020. 5. 5

结　论

将一块石头抱起，投入深井
屏气等待一个消息。
要命的是：明明过去很久
仍未听见"咚"的一声。
此时胸中浊气升腾，我们缓缓吐纳
在不磨损听觉的前提下
尽量控制住对新鲜空气的急切欲求。
而结局仍然未至。恍惚中
我们开始在心里丈量井的深度
默想石头下落的过程
并惴惴于落点的材质：泥泞、水潭
黑冷的石底或者炽烈的岩浆。
在"咚"的声音从深井底部传来之前
我想我们应该不会先行走开
一个悬而未决的结论将我们锁喉。
我们开始怀疑之前那个投掷动作
的真实性。甚至于，一种无法从中脱身的
深切悔意，业已形成。

2019. 7. 9

后记：捉住一只飘忽的蝴蝶

崔 岩

在晨光暮色中，石梁溪泛着粼粼波纹。在衢州，我曾经热衷于坐在水边，持一根轻巧的鱼竿，捕捉浮标的动向。落在这只精巧浮标之上的，除了我的眼神，偶尔会有一只漂亮的蜻蜓，甚至在某个瞬间，我恍惚觉得世界的全部意义好像也落在了浮标顶端，随着水面一漾一漾。

有一次我想：如果把一首诗比作一尾鱼的话，也是可以成立的。钓上一尾鱼与写出一首诗，其过程是那么相像：调节呼吸，让自己平静；排除波光的干扰，紧盯浮标；从浮标的细微动作中，判断鱼的动作；提竿的时候要稳要准却不宜太狠，确保将鱼牢牢地"拴"在鱼线的那一端；遛鱼不能太急，急了容易跑鱼；上鱼的时候也得小心翼翼，收尾不易。有时，需要漫长的时间来等待浮标的提示，而这种漫长的焦灼，总被浮标轻晃、提竿中鱼的那一瞬间所获得的巨大快感消弭于无形。正如沉郁许久后，一首诗之完结。

与垂钓不同的是，写诗是一件更加认真的事。我们会把所有阅历、所有智识投作饵料，仅仅为了捕捉住一瞬间的灵感，仅仅为了写出一首自己满意的诗。所以，写诗这件事，其实是一种修炼，更是一种探险。好在，这饵料对我们来说是丰沛的、足够的：你所在的城市为你提供复合的养分，你的生活，你的回忆，你的阅读，你的感触，你以当下心态和新的认知改造过的回忆和感触……同样取用不竭。

与垂钓不同的是，写诗更容易获得意外的喜悦。常在水边的人知道，若是连续钓获的都是同一种尺寸同一个品种的鱼，甚至连上鱼的频次也都一样，那就越钓越没意思。而写诗不是这样，只要你在水边待得够久，并坚持待下去，每次"钓获"的诗，都不尽相同。其中必有那么特殊的"几尾"，给你带来更多惊喜。

与垂钓不同的是，垂钓的水域都在我们的外部，鱼，也是身外之物。而写诗所处的水面，地处内心，仅属于你个人。你要做的，是独自从内心的水域，勾连出鲜活的、跳跃的、灵动的鱼来。

这些鱼，生发于我们生活之中，那些瞬间的美好和体悟被一点点储存下来，就像静物本身所蕴含的声音，深潜在我们内心某处，散落在不同的水层，而现在，它们需要某种诱因被调动起来。而当它们一旦被调动，它们悬浮而闪烁，看上去那么美，那么难以捕捉却偏偏充满着诱惑，像极了一只只飘忽的蝴蝶，与你若即若离、似近似远。

当你捉住了某一只，你便完成了一首诗。而当你写下一首诗，你会觉得，似乎仍然没有将其捉住，它仍旧在这首诗里飘忽着，与读它的人若即若离、似近似远。

图书在版编目（CIP）数据

静物的声音 / 崔岩著. -- 武汉：长江文艺出版社，2024.1

ISBN 978-7-5702-3269-7

Ⅰ. ①静… Ⅱ. ①崔… Ⅲ. ①诗集－中国－当代 Ⅳ. ①I227

中国国家版本馆 CIP 数据核字（2023）第 139581 号

静物的声音
JING WU DE SHENG YIN

责任编辑：谈　骁　　　　　　　　责任校对：毛季慧

封面设计：祁泽娟　　　　　　　　责任印制：邱　莉　　王光兴

封面题字：张洪波

出版：　長江出版傳媒　｜　　長江文艺出版社

地址：武汉市雄楚大街 268 号　　　邮编：430070

发行：长江文艺出版社

http://www.cjlap.com

印刷：湖北恒泰印务有限公司

开本：880 毫米×1230 毫米　　　1/32　　　印张：6.5

版次：2024 年 1 月第 1 版　　　　2024 年 1 月第 1 次印刷

行数：3720 行

定价：58.00 元